Nordeste

Terra de gente forte

Ane Braga

A todos aqueles, quer seja do Sul ou do Norte, do Leste ou do Oeste, traz dentro de si um pouco do muito dessa força que é o Nordeste.

Que o sol que nunca se apaga traga a esperança da chuva mansa.

Aurora

Um vento forte balançava seus lençóis alvos pendurados no varal, enquanto uma nuvem de poeira vinda dos lados da casa de farinha ameaçava seu árduo trabalho de horas. Seriam cavalos? Olhou novamente. Nada via ou ouvia.

Uma angústia se insinuava em seu ser, enregelando seus ossos. O vento continuava. Seu lençol branquinho foi-se com a ventania, caindo no roseiral. Cor de rosa? Suas flores não eram brancas? Ou estaria confundido com o lençol?

Um espinho traiçoeiro espetou-lhe o dedo quando foi resgatar o lençol caído. Sangue arterial, vivo.

Levantou o lençol. Suas rosas estavam vermelhas.

Acordou com um grito.

Novamente aquele sonho. O suor pelo corpo e no lençol amarrotado denunciava a noite difícil. Levantou-se. Colocou a mão espalmada sobre o ventre distendido. A dor... aquela dor que nunca passava provavelmente seria a causa de seus pesadelos recorrentes.

Acendeu o lampião. Deveria chamar seu marido? Não... Lembrou-se de que ele estava na capital, comprando mercadorias para o bar da fazenda.

A porta rangeu como protestando ser aberta àquela hora. Seriam quatro ou cinco? Não ouvira o galo cantar. Deveria ser quase quatro... ou quase cinco...

De qualquer forma, tomaria cuidado para não acordar os filhos.

Pé ante pé dirigiu-se à cozinha. Sua figura refletida na cristaleira era fantasmagórica. Balançou a cabeça para espantar pensamentos sombrios. A culpa era da dor.

Estaria novamente grávida? Não.... Possivelmente estava com barriga d'água, era isso. Seu décimo terceiro filho não tinha nem dois meses. Pelo jeito essa noite ele dormira melhor. O pobrezinho vinha sofrendo de cólica noite após noite e mal conseguia molhar a fralda.

Chegou a cozinha.

A água na moringa de barro estava fresca. Fechou os olhos e saboreou o raro momento. Infelizmente, a dor ficara mais nítida.

O galo cantou.

O dia seria longo.

Precisava arar a terra e plantar mandioca. O inverno não os pegaria desprevenidos. Com seus meninos, plantaria feijão de corda e quem sabe, um pouco de andu.

Senhor! Precisava se apressar!

Mataria o porco e o salgaria.

Teriam mesa farta na próxima estação.

Colocou o copo de alumínio na bacia. Mais tarde, antes do sol ficar muito forte, iria até o rio para lavar a louça. Talvez pedisse ajuda a alguma das filhas.

Precisava fazer mais sabão, mas por ora, a areia do rio serviria para arear as panelas.

Retornou ao quarto e vestiu seu vestido listrado. Estava um pouco velho, mas perfeito para o trabalho na roça.

Uma leve batida na porta tirou-a do devaneio.

Era sua filha do meio, embora fosse difícil classificar como *do meio* a quinta filha dos treze filhos nascidos vivos. Olhou os olhos da filha. Ela parecia tão triste...

Cabisbaixa, pediu-lhe que a acompanhasse. Seguiu-a até o quarto do bebê. Ele estava tão quieto...
Mexeu nele e nenhum resmungo. Estava morto.

Os dias continuaram inclementes.
Nunca entenderia a frase *A vida continua.* Continua para quem? Decerto não para quem morria. Mirou as mãos corroídas da soda que usava para fazer sabão. Pelo visto, a vida não continuava para os vivos também.
Espalhou as barras de sabão no chão sobre uma tábua e limpou as mãos na barra do vestido. Precisaria de mais sebo. Seguiu até a pequena despensa onde o marido guardava a colheita e pegou sua lata de sebo que fabricara no mês passado. Vazia...
Voltou ao terreiro. O porco havia comido todo sabão. Imediatamente soube onde arranjaria mais sebo.

Realmente a vida não continuava para todos.

Três meses se passaram desde que seu marido fora até Salvador. Três longos meses.

A chuva chegara, a colheita fora feita, nova semeadura provida. E nada de seu marido. As más línguas davam-no por ali perto, em Andaraí, com uma mulher a tiracolo, coberta de rendas e flores. Como há muito não fazia, prestou atenção a sua sala de visitas bem arrumada, enquanto passava a mão na almofada que ela mesma cerzira.

Com um suspiro, visitou cada um dos quartos.

As camas com palha nova exalavam um cheiro bem característico que a confortava, e mosquiteiros leves e transparentes protegiam os filhos das muriçocas. Tudo feito por ela.

Na sala de jantar, a grande mesa de madeira escura que seu quarto filho fizera era testemunha de risadas e alegria nos dias de longas visitas, mas seu menino, seu pequeno e grande amigo, estava sempre na companhia dela.

Sentiu algo úmido cair na mão que levava ao peito. Uma lágrima. Apenas uma gota furtiva que sequer percebera a marcar a nostalgia do momento.

Não havia tempo para chorar. Era hora de acender o fogão a lenha, afinal, tinha filhos para alimentar.

As dores aumentaram. Talvez, por causa delas, os pesadelos ficaram mais ainda frequentes. Sempre o mesmo sonho. O que significaria? Precisava ir ao médico. Se ao menos o marido voltasse logo...

Seis meses desde sua partida. Provavelmente as más línguas estavam certas, mas aquilo não importava no momento. Tinha que ir ao médico. Poderia pegar a carroça, ir até Redenção, mas o médico de lá era homem e com certeza o marido não iria gostar. Tomou uma decisão: aproveitaria a ausência dele e iria até a cidade.

Não havia mais médico na cidade. O mais próximo estava em Andaraí. Como iria até lá? Não podia deixar a fazenda, seus filhos!

Com certeza um remedinho resolveria.

Foi até a farmácia e o moço arranjou alguns comprimidos para dor. Tomou logo dois. A dor não passou.

Seu filho foi conversar com o prefeito de Redenção, seu primo por afinidade.

No dia seguinte estava dentro de um ônibus com destino à cidade de São Paulo.

Mioma.

Então era aquilo que estava causando tanta dor?

De acordo com o médico da Santa Casa, era operável. Tudo acabaria bem. Ficaria em São Paulo para alguns exames e em um mês ou dois no máximo estaria operada. Que bom! A sensação de alívio era imensa. Mas uma vozinha no fundo de sua mente ainda a perturbava. E os filhos? Quem cuidaria deles? Da casa? Da roça? Da fazenda?

Seu filho, como a ler seus pensamentos, tocou-lhe de leve o ombro.

Os próprios filhos cuidariam de tudo.

Exatos nove meses desde a suposta viagem a Andaraí, seu marido resolvera dar o ar das graças. A pouco menos de duas semanas para a cirurgia, chegara na casa da prima, onde estava hospedada, gritando e esbravejando aos quatro ventos. Como ela ousara viajar sem sua permissão?

Tentara argumentar que não estava bem há muito tempo, que precisava de médico, que não havia onde moravam e não tinha a presença do marido para ajudá-la durante longos nove meses.

Então a culpa agora era dele? Ele se zangara.

Aos berros, continuou jogando suas roupas e pertences na mala surrada para irem embora.

O médico tentara impedir. Sua prima também.

Não houve quem o demovesse de seu intento. A poucos dias para a cirurgia, estava voltando para a Bahia.

E levava o mioma consigo.

Seis anos se passaram. Seis longos e dolorosos anos.

Suas filhas já estavam casadas e viviam em São Paulo.

Seu quarto filho, nunca arredara pé de perto dela, sempre presente a seu lado. Junto com os outros irmãos, tocava a fazenda. Seu marido, como sempre, estava ausente. Ficava longos períodos fora de casa, voltava, ficava um pouco e sumia.

Ao contrário de sua dor, companheira fiel, que nunca se ausentava, sempre se alastrava e nunca desaparecia. Sem trégua, dia após dia, noite após noite.

Acabou de recolher os lençóis do varal e seguiu para o quarto. Cantarolava enquanto os dobrava para driblar a dor. Vislumbrou o filho na porta. Sorriu para ele, mas ele não sorriu de volta. Estava pálido e olhava fixamente para suas pernas.

Acompanhou-lhe o olhar. O lençol que dobrava, antes branquinho e com cheiro quente, agora estava com uma enorme mancha de um vermelho vivo. Arterial. Lembrou-se do seu sonho. O sonho das rosas vermelhas.

Estava de volta a São Paulo, no mesmo hospital, com o mesmo médico.

Deitada na cama, ouvia frases entrecortadas por diversos *ses* ditas por suas filhas e enfermeiras, sob o olhar taciturno do médico.

Seu filho, o amigo e companheiro de sempre, com olhos injetados, mantinha o olhar fixo num ponto além dela.

A porta do quarto estava aberta e por ela passou seu marido. Onde ele estava desta vez? Não sabia, aliás, nunca soubera por onde o marido andava, ainda que tivesse uma vaga quase certeza.

O filho deu-lhe às costas, enquanto com expressão de quem não estava entendendo nada, murmurou uma única palavra... Aurora.

Aurora não lhe deu atenção, chamou o filho, tomando sua mão, beijando-a com carinho. Esperava que aquele pequeno gesto fosse grande o suficiente para mostrar o quanto ela era agradecida por sua constante presença em sua vida. Lembrou-se de seu bebê morto em tão tenra idade, do porco que virou sebo, de si mesma em seu calvário de dor e finalmente compreendeu o significado daquela frase *a vida continua.*

Com um raro sorriso, sentiu a dor acalmar, os sons a seu redor desaparecer.

Fechou os olhos e dormiu, certa de que de um modo ou do outro, a vida continuaria.

As flores da caatinga

O sol inclemente lambia a terra seca deixando seus vincos no chão, enquanto rês magras, famintas e sedentas se esparramavam embaixo da craibeira à espera da queda das flores. Meninos descalços tangiam um ou outro caprino com bicheira para longe dos demais, supervisionados pelos velhos de olhos tristes e rostos vincados como a terra daqueles que há muito por ali andaram.

A paisagem era praticamente a mesma de sua meninice. Ainda que escassa, desmatada e transportada a outros ares, a caatinga permanecia valente, ferida, sofrida, amada, de queda em queda, a cada estação de chuva renovada, alimento, vida e esperança a todos os seus viventes, numa explosão de verde e flores, exaltando os sentidos, invocando novas cores.

O catingueiro é heroico, valente. Sua luta é diária; seus dias, indefinidos.

A fisionomia pardacenta, empobrecida, vincada, esconde um segredo que só quem carrega a caatinga no peito conhece: O segredo da vida. Vida, ração para os animais. Vida, razão e ideais.

Tal qual a caatinga, tentaram mudá-lo, devastá-lo, oprimi-lo, mas, assim como essa terra – única de espécies tão particulares – sempre encontraria um meio, pois era um sobrevivente.

Era um catingueiro.

Tião apeou à porta do casebre de sua meninice. Chapéu de couro na mão, olhou em volta em busca do cocho para dar de beber a seu cavalo Corisco. Magneticamente, seus olhos foram atraídos para a casinha de barro. Uma sombra perpassou seus olhos e Tião balançou a cabeça para dispersar pensamentos.
Rodeou a casinha e encontrou um cocho empoeirado, gasto pelo tempo e roído por animais. Passou a mão na crina de Corisco e voltou à frente da casa. Iria deparar-se com lembranças mais cedo ou mais tarde, então que

fosse depois. Antes, encontraria água para Corisco e nem precisaria cavar um poço em desespero até a noitinha. Uma cacimba serviria. Tirou a sela, arreios, rédeas do cavalo e o levou até a sombra da algaroba no terreiro. Pegou enxada e balde e desceu a estrada cheia de poeira e terra seca.

Avistou um lamaçal numa baixada por onde passara no caminho. Ignorou o cansaço e o sol a pino e pôs a andar em busca de água.

Durante a caminhada, passou por criação sedenta que o olhava com olhar seco e rendido, mas ele continuaria em seus passos firmes e resolutos, pois não podia ceder às mazelas da vida.

Garganta seca, a sede também o fustigava. Seu cantil há muito vazio, permanecia na sela de Corisco, agora no chão batido do terreiro, onde seu padrinho – pai, na verdade, como ele descobrira há pouco tempo, plantara a algaroba, esperança para muitos e uma praga para outros.

Esperança porque da árvore se aproveita tudo: a folha, a flor, a vagem, a madeira.

Praga, porque segundos os *entendidos* da cidade, a planta era uma vilã, e invadiria a caatinga, roubaria a água e deixaria o solo infértil para outras espécies. Mas a algaroba sempre estivera ali. Era uma filha da caatinga, assim como as outras espécies.

A semente da dúvida fora plantada e começou-se uma derrubada da árvore, sem chance de defesa, sem um julgamento justo.

Mas o que os *entendidos* não entendiam é que a algaroba é uma catingueira, é forte, é valente e não se curva diante do machado. Ainda pode ser vista nos tabuleiros, nas várzeas, nos terreiros, matando a fome da criação ao cair das primeiras bagas.

Pensativo, pegou algo no bolso. Girou entre os dedos, sentiu a forma, o tamanho, a textura. Apertou como se fosse um amuleto. Devolveu o objeto ao bolso da calça e continuou sua caminhada.

Tião chegou ao rio seco e barroso – paradoxo que só a caatinga tem – e enfiou a enxada no barro, deixando minar a água salobra. Como que atraídos pelo cheiro da água – só quem é da terra sabe o cheiro que a água dela tem – as cabras, e também algumas ovelhas, despertaram do torpor e dispararam em busca de alívio para suas línguas sedentas. Tião aprofundou um pouco mais a cacimba, encheu o balde e saiu com cuidado para não pisar nenhum animal na sua partida.

Corisco, impaciente, resfolegou à aproximação do amigo.

Tião emborcou toda a água do balde no cocho, a fim de matar a sede de sua montaria. Sanado o problema da sede, restava o problema da fome. Procurou mais uma vez ao redor, atravessando o terreiro. Juazeiros, imburanas e quixabeiras despidas de suas vestes para suportarem a estiagem, olhavam além dos pereiros, ainda com algumas folhas em cor, o cercado dos bodes.

Junto ao cercado de seu bode – único exemplar caprino que ali já habitara outrora e regalo de seu padrinho-pai, Tião reconheceu os mandacarus, fiéis nativos de uma natureza sábia. Quanto ao bode, morrera de bicheira, não por falta de cuidado, mas por falta de recursos.

Tirou a faca da perneira e feriu o mandacaru. Por ora, a planta espinhenta serviria de alimento para seu animal faminto.

Espinhos tirados, o cocho agora vazio de água, acolheria os pedaços de mandacaru que aplacariam a fome de Corisco.

O cavalo se aproximou, focinhou e comeu o primeiro naco. Em poucos minutos não havia vestígio algum da ração ali colocada.

Dever cumprido e de cenho franzido, Tião foi até a frente de sua antiga casa.

Chegara o momento de ajustar contas com as lembranças e cumprir promessas do passado.

O ranger da porta de madeira de mandacaru trouxe de volta os sons de sua meninice. O sininho dos cabritos da roça do Macedo, amigo da casa, vizinho bonachão e eloquente, vagueando em busca de comida, a ararinha azul – hoje já não vista no alto dos imbuzais, a rizada da mãe em tempo de verde e cor, encantada com as flores trazidas nas parcas visitas de seu padrinho-pai, o *zum, zum, zum* das abelhas sem ferrão.

Cerrou os olhos e num átimo a velha sala estava de volta com sua pequena mesa de angico e seus grandes bancos de aroeira.

No quarto arejado em que dormia, o retrato ainda na parede, mostrava a Jurema.

Não a jurema preta, flor da caatinga que surge num espetáculo de vida em flores brancas depois que a chuva cai, atraindo abelhas e espalhando vida.

Não essa, mas outra flor da caatinga, tão bela quanto, provedora de igual valia, mão cheia para cozidos de gratos sabores. Sua mãe. Sua bela mãe, Jurema.

A carne de sol no tacho com maxixe, acompanhada por manteiga de garrafa, ficava ainda melhor com a farofa de macaxeira. Para adoçar a boca, rapadura. Tudo feito com prendado carinho no fogão a lenha que deixava um calor gostoso, confundido com o próprio calor de sua mãe. Sua meiga mãe, Jurema.

Tal qual a flor que lhe deu o nome e que dura de três a cinco dias depois que floresce, rápido se foi Jurema dessa vida – estrepada de imbuzeiro por tentar salvar cria nova fugida do vizinho.

Mas a exemplo da flor que volta a cada estação de chuva, não voltou Jurema. Foi-se no mesmo dia que seu amigo bode recém capado, sucumbido de bicheira.

Nem o sal e a cinza de pau queimado surtiram efeito contra a infecção. Nem com o bode, nem com sua mãe, e ao sal da terra da caatinga, ambos retornaram.

Quiçá um dia voltasse Jurema em época de chuva junto com a malva, a jurema d'água, cabeça de velho, a catingueira, a jurema preta, fazendo parte dessas seletas flores da caatinga, ainda que por um momento efêmero, aguardado com ânsia e eternizado no peito dos mais valentes vaqueiros.

A ameaça de lágrimas ardeu seus olhos e Tião voltou à sala e desta saiu para o terreiro. O céu, anunciando o entardecer, parecia-lhe o mesmo de sua meninice, quando de cima do pau de arara que o levara para longe da caatinga, jurara com olhos úmidos, único sinal de água naquela estação seca e triste, que um dia voltaria à caatinga de sua mãe e realizaria o último desejo de seu padrinho-pai: que a algaroba voltaria a reinar na caatinga.

Assim, plantaria algarobas caatinga adentro, espalhando esperança para gente e bicho em tempo seco, sem se importar com superstições e maledicências.

Tirou do bolso seu objeto-amuleto. Uma semente de algaroba. Apertou-a com força e voltou o rosto para o céu já tingido de sombras, comprimindo os lábios à triste lembrança de que também seu padrinho-pai já havia partido. A dor da perda de seu verdadeiro amor, sua mãe, embora outra levasse seu nome, fora tão forte que partiu ao encontro da mulher que amava.

Como num ritual, levou a semente à boca e nela depositou um beijo. Caminhou para o meio do terreiro relembrando as prosas de seu padrinho – seu pai há pouco descoberto, há tempos desejado – e num vislumbre, reviu as muitas sementes como aquela, plantadas e espalhadas pela caatinga, brotando, crescendo e matando a fome da criação, para com a especulação chegarem as polêmicas, medo, mentiras, superstições, blasfêmias a boca pequena, contra a algaroba que tão bem fizera aos catingueiros.

Agachou-se e com as próprias mãos cavou um buraco e nele deitou a semente. A primeira de muitas que ele plantaria. Pelo bem ou pelo mal, seu intento estava feito e o tempo diria quem estava com a razão, mas o certo é que até lá, a fome e a desesperança render-se-iam à piedosa algaroba.

Levantando-se, limpou as mãos na calça e sentiu-se grande. Tudo ficaria bem agora que ele estava em casa.

Também ele era um entendido da cidade, mas com a vantagem de ser um filho da terra – a sua terra – e era um catingueiro.

E pelo sal de sua terra que acolhera seus entes amados, ao romper da primeira semente, toda esperança seria renovada e ele, finalmente, cumpriria sua promessa.

Vaga-lumes

A terra estendia-se ao longe, até onde a vista alcançava, servindo de lar para imensas rochas gotejantes e seus rios borbulhantes. Carvalhos e mangueiras dividiam a paisagem primaveril, apreciando o trinar dos pássaros canoros.

Frutas caíam da goiabeira e imediatamente surgiam pequenos sabiás para fartarem-se delas. A paisagem idílica empatava com o aroma gostoso e quentinho daquela terra. Doce, suave e quente. Na medida certa. Vez ou outra aparecia um cachorro ladino à espreita de um pássaro ou galinha do mato desavisados. O dia estava perfeito. Nada poderia perturbar a paz e quietude daquela tarde.

Ela a tudo via e sentia como se jamais fosse repetir a experiência. Absorvia cada pedaço de cor e cada átomo de cheiro como se luz e aroma fossem diluir-se a qualquer momento.

Os pequenos pés remexiam-se com anseio dentro da água gelada do Paraguaçu.

Sua pequena Havaianas esquerda certamente já encontrara sua pequena escova de dentes, perdida naquela manhã, quando brincava na água enquanto sua mãe lavava a louça.

Afundou o pequeno pé na areia do rio. Seus pequenos dedinhos se apertaram em contato com a areia macia.

Gargalhou. Olhou para a mãe à margem do rio. Sorriu.

A mãe sorriu de volta para aquele sorriso de poucos dentes e cheios de vivacidade.

O sol agora estava mais forte. A mãe acenava-lhe para que a acompanhasse na subida do pequeno aclive arenoso com a bacia de louça limpa na cabeça.

Não conseguia alcançar os passos da mãe que já estava quase no topo da subida. Aproveitando a deixa, já que não adiantaria correr atrás da mãe, observou a trilha de capim que cobria ninhos de lagartos e cobras. Franziu o pequeno rostinho quando viu um lagarto atravessar seu caminho.

Ouviu alguém chamar seu nome. Provavelmente o vovô que estava sempre por perto nos últimos dias.

Apressou um pouco o passo e sentiu o suor descer pelas costinhas desnudas e descansarem dentro de sua fralda com desenhos de patinhos. Sentiu desconforto. Queria a mãe.

O avô desceu o restante do morrinho estendendo-lhe os braços. Aceitou rapidamente, pois o cansaço nas pequenas perninhas era grande e o sol estava ardido. Abraçou o avô, mas até ele estava quente. Gostava mais do colo da mãe. Estava sempre fresquinho.

—Mamãe. Pronunciou aquela palavra mágica e lá estava ela. Perto da estrada para a gruta. Gostava da gruta. A água lá era sempre fresquinha e estava com muita sede.

O avô olhou estranho. Passou direto pela mãe e entrou no casarão.

Esperneou lentando sair do colo do avô. Pensou por um instante em como um braço tão fininho poderia ser tão forte. Finalmente foi deixada no chão, dentro de casa.
A avó estava chorando. Parecia que vivia chorando o tempo todo, desde que aparecera com avô.
—Guta. Apontou o dedinho para a janela.

De lá se via o caminho para a gruta. A avó recomeçou a chorar. O avô fechou a janela, mas ainda assim viu sua mãe no caminho da gruta.
Reparou que tinha um homem com ela. Parecia-lhe familiar, mas não se lembrava de onde.
—Papai? A palavra veio sozinha, de mansinho, sem avisar.

De repente, um lampejo de conhecimento! Saiu correndo o máximo que suas perninhas permitiam.
O avô e a avó, gritando seu nome, saíram atrás.

A mãe e o pai caminhavam para a gruta. Estavam rápidos demais, mas dessa vez não deixaria o cansaço vencer e os alcançaria.

Viu a mãe e o pai entrarem na gruta. Conseguiu chegar.

Uma luz forte atrapalhou seus olhinhos assim como os de seus avós que acabavam de entrar.

A luz foi ficando mais tênue e viu sua mãe olhando para a água logo abaixo. Algo estava lá. O que seria? Sua avó soltou um grito sufocado. O avô a tomou no colo e escondeu seu rostinho junto ao pescoço.
—Tudo vai ficar bem, minha netinha – o avô prometeu, afagando-lhe a cabecinha.
—Ficar bem? Olhou de lado para o avô. —Vovô engaçado! – riu, toda feliz ao perceber vários pontos brilhantes no rosto do avô. Olhou para a avó e viu que o mesmo acontecia com ela e uma sensação fresquinha invadiu seu corpo.
Ficou feliz. Virou-se no colo do avô para olhar para os pais e mostrou as duas mãozinhas.
—*Bilantes!*
A mãe sorriu e seu sorriso tinha lágrimas.
—É sim, minha filhinha. Brilhantes.

De repente, uma explosão de pontinhos iluminou a gruta, deixando curiosa a equipe de resgate que chegara tarde demais.

O marido, percebendo a esposa olhar em outra direção, abraçou-a fortemente.
—O que você está vendo, querida?
A esposa enxugou as lágrimas e acenou com a mão. A aliança refletia pequenos pontos iluminados.
Ela o abraçou de volta e respondeu:
—Vaga-lumes...

E desatou a chorar novamente.

Cabeça de bode

O grande chapéu de palha era só mais um a sofrer sob o calor escaldante.

A terra esturricada gemia de dor a cada golpe inútil da enxada enferrujada e velha em busca de água.

Suor salgado descia de sua testa enrugada, molhando os sulcos de sua face marcada pelos desalentos e pelo tempo, ainda que esse último não fosse muito. Contava com 35 anos.

Olhar para a terra que golpeava era como olhar para um espelho, pois as marcas da terra repetiam-se no seu rosto, curtido, queimando, esturricado de sol.

Mirou o chão e deu-se conta que estava dentro de um buraco e chegou à conclusão que mais fácil seria enterrar-se de vez nele, pois água alguma encontraria ali.

Não, recapitulou. Tinha mulher e filhos para sustentar.

Desde que valentões engravatados e faladores de palavras difíceis lhe tomaram a casinha da Caixa, expulsando-o e a sua família de Triunfo, sua vida despencara. Tentara lutar, dizer que não atrasara nenhuma prestação por mais de trinta dias, mas de nada adiantou. Identificaram uma discrepância em seu registro de nascimento e seu documento de identidade e não poderiam continuar com a casa.

Discrepância. Que diabos era discrepância? Está bem certo que não tinha o sobrenome do pai, mas pai tinha. Afinal, não era filho de chocadeira!

Ainda procurara ajuda, fora à polícia prestar queixa e acabara surrado, quase morto.

Agora não havia mais a comidinha gostosa e modesta de todo dia, nem seu emprego como guia dos turistas de outras cidades e até de outros Estados. Perdera tudo que gostava. Tudo não, pensou enquanto cavava com ainda mais força, ainda tinha sua família.

Sentia falta especialmente do Açude João Barbosa, um oásis – era assim que ouvira um turista chamar? – bem no meio do sertão. Tanta vida, tanta planta, tanta gente. Mas depois dos valentões, fora obrigado a partir com a família para aquele lugar árido, longe de tudo, perto de nada.

Maria, sua esposa, dizia sempre para ter esperança, que as coisas um dia iriam melhoras, afinal, nada era para sempre.

Esperança...palavra bonita, mas vazia de significado para quem estava literalmente no buraco.

Enxugou o suor da testa com o braço. Não havia água e desconfiava que nem esperança. Só desespero.

Tomaram-lhe a casinha e a esperança, sobrando só o contrato empoeirado, jogado dentro da tigela de barro sobre a mesa, como testemunha daquele sonho quase realizado.

Saiu do buraco que cavara. Nada de água. Melhor voltar para casa.

Chegou cabisbaixo, com a enxada sobre o ombro, dando conta da moradia que dividia com a família, feita de barro batido e telhado de palha.

Sua criança menor veio cambaleante a seu encontro. A barriga estufada só podia ser de verme, já que improvavelmente seria de comida. Passou a mão enrugada na cabeça do menino e entrou na sala, que era também quarto e cozinha – banheiro só do lado de fora, ao relento - e cumprimentou com um resmungo a esposa e a filha que improvisavam algo para comerem.

Sentiu o aroma de maxixe e feijão de corda, possivelmente os últimos grãos e ouviu envergonhado o estômago roncar.

Maria, como sempre e só Deus deveria saber o motivo, sorria e contava algum *causo* engraçado.

O daquela vez era sobre o Vaqueiro Misterioso.

Todo sertanejo já ouvira falar do sujeito com roupas velhas e maltrapilhas de tanto uso, chapéu cambaio sobre o rosto curtido de sol forte e da égua magra, cansada, sem esperança e sem fôlego de tanta andança pelas paragens de troncos finos e secos das árvores espinhentas que se curvam ante os valentes mandacarus.

Nesse cenário de poeira e sol de arder os olhos, surgia num repente a figura do Vaqueiro montada em sua égua esquálida, vindo ao longe no meio do pó para a danação do sertanejo supersticioso.

Qualquer cabra macho tremia como vara verde diante de tão visão tão apocalítica e ficava com a espinha gelada de terror.

Misteriosamente, quando a figura se aproximava de algum povoado, sua aparência transmutava-se.

De esquálido cavaleiro, eis que surgia diante de olhos estupefatos, um homem forte, bem-apessoado, com gestos e cavalgar firmes.

A égua, antes magra e cansada, transformara-se no mais forte e indomado azalão, só respeitando o comando do dono.

Mal chegava, arranjava trabalho nas terras dos fazendeiros abonados e doutores da região.

Domava cavalo, égua, potro e até boi bravio colocava debaixo de sua bota.

Na época de vender gado, era ele que com seu canto triste conduzia o rebanho sem perder nenhuma cabeça.

Na volta, para festejar o sucesso da empreitada, a vaquejada era para ele o melhor momento.

Laçava bezerro em poucos segundos e não mulher-moça que não quisesse entregar a ele muito mais que a fita amarela.

Ele não tomava caso. Guardava um naco de carne seca no gibão de couro, um pouco de água na bolsa de bucho de bode e partia, sem sequer dizer o nome e se perguntavam-lhe, não dizia e mais uma vez, num repente, sumia.

Maria terminou o *causo* e a filha perguntou se era verdade que ninguém sabia quem era o Vaqueiro Misterioso.

—Ninguém, respondeu Maria.

Também ele não tinha nome. Pelo menos não na certidão.

Só sabia que era José do João, mas o documento não sabia e tiraram sua casinha com essa desculpa descabida.

Também não sabia qual sobrenome carregava seu pai. Talvez nem ele soubesse, pois era só João capador e trabalhava quando algum patrão chamava para capar boi velho, que só serviria para carga ou puxar engenho.

Foi numa dessas lidas que João conheceu Nedite, sua mãe, que trabalhava como ama de leite na fazendo do Dr. Sebastião. Mal nasceu José, sumiu João.

Coçou o queixo pinicante da barba por fazer e voltar a reparar no cômodo que dividia com a família e o bode que pegara perdido no caminho durante a fuga com a família depois que perdera a casinha. Assustou-se:

—Maria, cadê o bode?

—Sei lá! Deve ter saído por aí enquanto eu passava uma vassoura nessa poeira. O menino mal podia respirar de tanto pó.

—Quem saiu, o menino ou o bode?

—O bode, homem de Deus! Já não disse?

José coçou a cabeça. Sabia que aquela seria a última refeição do dia e sabe-se lá quando teria outra. Iria procurar o bode e prepara-lo para uma longa retirada de volta para Triunfo. Ficaria ao largo do Açude, para não ser reconhecido na cidade. Trabalharia de qualquer coisa nas casas dos doutores, mas ficar naquele fim de mundo perto do inferno, não dava mais. A viagem seria longa e sofrida. Precisava de comida. Precisava do bode.

Pegou a corda pendurada atrás da única porta da casa, enquanto Maria, distraída, colocava a comida nas cuias de barro.

—Vou ali e já volto.

—Vai ali onde, homem? Não vê que o *di cumê* já está pronto?

José resmungou algo inteligível, pegou a peixeira que escondia na prateleira acima da cama de palha e saiu.

Maria deu de ombro e começou a comer. Entre uma mastigada e outra, iniciou uma nova estória para distrair as crianças, principalmente a filha mais velha, que parecia amuada e aborrecida.

O menino pequeno, sentado no chão de terra, pegava pequenos bocados do andu com farinha e levava à boquinha com sofreguidão.

A filha mais velha cerrou o cenho imaginando se também ela, um dia, estaria contando *causos* para seus filhos enquanto lembrava que não haveria comida no dia seguinte. Acabou por perder o apetite. Certamente não viveria tanto para passar por isso.

De repente, assustou-se com o grito da mãe.

—O bode! Levantou-se correndo para espanto das crianças. —Valha-me Deus! Seu pai vai matar o bode!

Sem entender nada, a filha mais velha pegou o irmão no colo, sequer dando caso ao choro que ele dava de fome. De qualquer forma, isso não importava. Não havia mais comida na pequena cuia.

Saiu em disparada atrás da mãe, sentido de cara o calor escaldante do lado de fora e já sentindo a garganta seca, os olhos ardendo e as costas encharcadas de suor.

A mãe não parava de correr e o irmão não parava de chorar.

Dez angustiantes minutos de suplício depois, escutou um bodejar atrás da cajazeira seca. Seu pai estava abaixado olhando para o chão e com a peixeira na mão.

Sua mãe chegou até seu pai e deu um grito. Pouco depois, chegou também ela com o irmão choroso no colo.

Reparou no sangue espalhado no chão e viu que o bode estava morto e que alguma coisa parecia estranha. Descobriu o que causou a estranheza. Aquele não era o bode da família. Era uma cabra e não estava morta, mas prostrada de cansaço, pois acabara de dar à luz a um cabritinho que agora mamava. Um sorriso tímido surgiu em seus lábios e alcançou seus olhos. Teriam leite para beber e por um tempo não morreriam de sede.

Um pouco adiante da cajazeira, avistou o bode da família. Teriam carne também. O bode estava morto.

Eles sobreviveriam.

Folha seca, folha afogada

O zurro do único muar manquitolando junto ao juazeiro indicava a hora da lida.

O sol ainda não apontara no céu, mas o calor deixava a todos cansados e suarentos.

Os tocos de pau que à noite gemiam na fogueira aquecendo conversa de terreiro, agora eram torrões queimados como carvão.

As vozes estavam emudecidas e o silêncio era de aflição.

Mazé saiu da casa de barro e pau-a-pique e esticou os braços ossudos e doloridos da noite dormida na esteira. Buscou a enxada encostada no cocho vazio e, seguida pelo fiel cão Sarnento, pisou a terra rachada, calcinada de sol em direção ao lago seco.

Seus pés descalços e curtidos já fizeram aquele caminho incontáveis vezes e cada vez mais trazia menos o de beber.

Com sorte, um pouco de água lamacenta mataria a sede dos filhos pequenos e cozeria o parco feijão de corda, último da colheita repassada, pois a colheita tardia anterior não vingara. Junho chegara, mas a chuva que deveria chegar com ele, nada.

Mazé chegou ao lago seco e fincou a enxada no solo duro, mas não brotou água. Seus olhos arderam de aflição e até quis chorar, mas não pôde. Estava tão seca quanto aquela terra rachada.

Desolada, recomeçou a volta para a casa e para os filhos, matutando se ainda haveria um pouco de farinha. Com a cabeça baixa, olhava os pés descalços de dedos espalhados e vermelhos, como os pelos de Sarnento. Deu falta do cão. Por anda andava aquele bicho? Sempre estava a seu lado ou um pouco mais a frente, xeretando todo arbusto queimado que via no caminho, caçando sei-lá-o-que naquele mar de terra seca. Certamente estava correndo atrás do cabrito que o boiadeiro havia abandonado ao fugir da estação seca.

Boiadeiro, cheio de terras, partira com a família para a Zona da Mata. Lá não tinha seca. Tinha muita comida e muita água.

Em tempo de secura era assim: quem tinha como fugir, fugia; quem não tinha, rezava.

Mazé chegou a casa e encostou a enxada velha novamente no cocho vazio. Entrou e viu se tinha farinha. Tinha. Deu parte do *de comer* para os meninos e guardou uma parte para Sarnento. Ela era mãe, não precisava comer.

A comida acabou em segundos. Chamou o filho de seis anos para cuidar do filho de dois, pegou o facão de cima do fogão de barro e saiu novamente para cortar xiquexique. No caminho, acharia Sarnento e quem sabe alguma caça. Esperava estar de volta até o final do dia.

Saiu da casinha de pau-a-pique sentindo a força do sol ardido do meio-dia.

Chamou Sarnento, mas não obteve resposta.

Seguiu seu caminho pelo conhecido terreiro batido, dando por falta do cabrito abandonado do boiadeiro. Sabia de antemão que, apesar da fome que flagelava o corpo, o povo daquela região era honesto e não roubava dos irmãos. De certo o cabrito estava se escondendo das estripulias de Sarnento que não parava de o aporrinhar.

Mexendo na bainha do facão, sentiu uma coisa estranha, uma impressão fugia, quase palpável e pronta para aparecer, que se entranhava em seu ventre, subindo pelo peito e fazendo o coração doer.

Mais a frente, a sensação ficou mais forte, agora ampliada pela visão de urubus rodeando pelos lados do imbuzeiro que a deixara viúva na estação passada. Agora era só ela, os meninos e Sarnento para aguentar tanta privação e a lida diária.

Mazé passou ao largo do imbuzeiro e entrou na mata retorcida. A farinha acabara e água não tinha. O xiquexique mataria a fome e a sede enquanto a chuva não vinha. Se é que viria.

Nada de chuva no sertão. O inverno estava acabando e o verão batendo à porta. Seria um ano inteirinho de seca.

Na panela de ferro fundido, preparava o xiquexique enquanto ouvia ao longe sons de seu convívio, deixando a mente vagar em busca de alívio.

O berro estridente das cigarras calava na alma do sertanejo tal como folha seca esfarelada ao menor sopro de vento ou pisada de criação.

O sol em brasa há muito esgotara as vazantes e agora água só de caminhão-pipa, quando esse não ficava quebrado pelo caminho noduloso. Caminhão velho e enferrujado, cansado de rodar léguas, igualzinho ao povo daquela terra.

A criação de olhos encavados e costelas pontudas sob a pele era uma constante lembrança da morte sorrateira, ambulante, malfazeja, sempre à espreita, que escolhia a dedo a quem levar. Fosse boi, cabra, jumento, gente. A hora de cada um tinha seu dia e essa era a sina de quem nascia e padecia no sertão nordestino.

A fome era tanta que nem queimar espinho resolvia. A reza para os adultos, vez ou outra, resolvia, mas para as crianças, dizia para que dormissem que passaria.

Não passava. Só se dormissem o sono eterno, onde não sentiriam mais fome, desespero, agonia.

Balançou a cabeça, irritada consigo. Não fora uma boa ideia deixar pensamentos soltos.

Terminou de preparar a comida e deu aos filhos, vendo-os atacarem o xiquexique como se aquela refeição fosse uma iguaria. Perguntou-se quanto tempo demorariam até perguntarem de Sarnento. O tempo de encherem a barriga.

Enquanto a pergunta não vinha, uma tarefa ingrata tinha a fazer e boa sertaneja que era, não escolhia a tarefa, fazia.

Com a enxada nas costas envergadas, Mazé foi para o terreiro onde uma cova rasa a aguardava. Não a ela, pelo menos por enquanto, mas para duas outras vítimas do meio.

Jogou na cova Sarnento e o cabrito do boiadeiro, ambos espetados de imbuzeiro, assim como acontecera a seu companheiro.

Fincou a enxada na terra dura e poeirenta e pouco a pouco cobriu a vala, percebendo com espantosa nitidez que parte dela ficou lá dentro também.

Um vento morno balançou de leve a ponta do lenço em sua cabeça. O céu escureceu. Viu um relâmpago pelo canto do olho. Trovejou.

Com a primeira gota de chuva, Mazé chorou. Uma única lágrima. Melhor que nada. Era água.

Cacimbas cheias, mato cheirando, criação pastando.

Bicho e gente festejando a volta da vida, a esperança renovada, a prece atendida.

A chuva molhava as almas e encharcava o chão e, embora sem sinal de trégua para fixar a semente, trazia alento ao sertanejo, tão cansado de luta e de fome.

O lago renascera, cada vez maior, cada vez mais cheio. O verão em breve chegaria e ninguém de sede morreria. Da terra molhada brotaria o pão; criação e gente teriam o que comer. A próxima seca não seria tão inclemente. O som da vida retornava com a vida que brotava da água.

Mazé estava preocupada. A aguaceira não passava e o lago já estava a sua porta. Teria que partir. Com chuva e tudo ou a nado.

Fez uma trouxa com roupas e outra com xiquexique. Água tinha de sobra no caminho. Colocou uma dentro da outra e pôs a trouxa única na cabeça. Tomou os bracinhos fininhos dos filhos em cada mão e iniciou a partida.

Passando o terreiro sentiu a água nas canelas. De olhos esbugalhados de espanto, viu descer arrastado pela água, gado berrando, jumento manco zurrando, uma chinela de menina. A lagoa, antes seca, agora parecia um grande rio faminto engolindo a tudo em seu curso. E mais chuva caindo.

Mazé não perdeu tempo. Colocou o filho menor nos ombros e o maior agarrado à sua cintura. Precisa andar até encontrar um lugar mais alto para ficar. Demorara muito em sua decisão de partir e o medo já se acercava de sua mente.

Nunca fugira de seca e nunca imaginou que fugiria de água.

O trovão forte anunciava mais chuva. Um raio caiu desgalhando o imbuzeiro. O mesmo que matara Sarnento, o cabrito e seu companheiro.

Com os ossos tremendo de cansaço, Mazé andou até o imbuzeiro desgalhado. Uma escada de galhos retorcidos seria poleiro para ela e os filhos.

Outro trovão. Um raio. Mais um trovão.

A chuva torrencial era como mil agulhas magoando sua pele. Os meninos tremiam de frio. Em algum lugar ali próximo, um raio certeiro partiu uma árvore. Talvez o juazeiro.

A água subia e mais coisa descia. Uma boneca de pano, uma ripa de cama, um pé de sapato, um chapéu de dia a dia.

Mazé olhou para a água que estava quase tocando seus pés. Uma folha de juazeiro desceu na correnteza, rodopiou e sumiu debaixo do rio lamacento. Folha afogada.

Então, num momento de reflexão, abraçada ao filho mais velho que chorava e ao mais novo que não dava conta de nada, pensou na sina do sertanejo. Quando não morria de sede, morria por excesso de água.

Para não assustar as crianças, fez uma prece silenciosa e contida, pois sertanejo quando não tem como fugir, reza.

Mazé rezou.

Sobre a autora

Ane Braga , paulistana, filha de Erasmo e Floracy, começou a escrever bem cedo, por volta dos sete anos. Aos quatro, já sabia ler e, quando sua mãe pediu que escolhesse entre uma bicicleta Caloi ou a coleção Meu ABC em Cores, não titubeou. Escolheu a coleção e ainda hoje a escolha seria a mesma.

Com o passar dos anos, percebeu que sua família tinha muita coisa para contar e cada conto rendia pontos e mais pontos de pura magia.

É por essa razão que Ane Braga coloca toda fascinação e admiração que sente por seus familiares em livros que guiarão as gerações futuras e quem sabe, formar novos escritores.

Ane Braga já escreveu diversos livros para todos os públicos, com publicações na América Latina e Europa sob variados pseudônimos, além de atuar como Ghost Writer.

Ane Braga (Ane Hadara, Hadara Sharif, Hadara Fênix) é pós-graduada em Administração Pública e Responsabilidade Fiscal, possui diversas graduações, é casada, possui duas filhas e sete sobrinhos, muitos dos quais já estão presentes em suas histórias.